Cyfres Rwdlan
11. CORWYNT!

I NIA WYN

CYFRES RWDLAN – prynwch nhw i gyd!

Argraffiad cyntaf: 1988
Ail argraffiad: 1990
Trydydd argraffiad: 2002

Rhif Llyfr Safonol Rhyngwladol: 0 86243 163 8

Lluniau: Angharad Tomos
Gwaith lliw: Elwyn Ioan

Argraffwyd a chyhoeddwyd yng Nghymru
gan Y Lolfa Cyf., Talybont, Ceredigion SY24 5AP
e-bost ylolfa@ylolfa.com
gwefan www.ylolfa.com
ffôn (01970) 832 304
ffacs 832 782
isdn 832 813

Corwynt!

Angharad Tomos

CYFRES
RWDLAN

Roedd corwynt yn chwythu
drwy Wlad y Rwla. Whish!
Dyna het rhywun yn hedfan
drwy'r awyr. Het pwy?

"Fy het i yw hi!" gwaeddodd
Rala Rwdins. Roedd hi wrthi'n
casglu'r dail oddi ar y coed
erbyn y gaeaf. Ond fe chwyth-
ai'r gwynt y dail i ffwrdd cyn
iddi gael gafael arnynt. Yn y
diwedd, bu bron i'r corwynt â
chwythu Rala Rwdins hefyd
oddi ar y goeden.

Roedd Rwdlan wedi dod o hyd i gêm dda. Daliai bot o sebon swigod yn un llaw. Yn y llall, daliai wialen fach a wnâi i'r gwynt chwythu miloedd o swigod drwyddi i'r awyr.

"Rwdlan! Edrych be ddois i o hyd iddo!" meddai'r Dewin Dwl.
"Barcud!" meddai Rwdlan.
"Dyna hwyl!"

"Sut mae chwarae efo fo?" holodd y Dewin Dwl.
"Digon hawdd," atebodd Rwdlan. "Gafael yn y llinyn, a gadael iddo . . ." Whish! Cip-iwyd Rwdlan a'r barcud gan y corwynt.
"Beth amdanaf fi?" gwaedd-odd y Dewin Dwl.

"Pam wyt ti'n crïo?" holodd y
Llipryn Llwyd.
"Wedi colli Rwdlan," atebodd
y Dewin Dwl, ". . . ac wedi
colli'r barcud."
"Garet ti brynu balŵn?" gofyn-
nodd y Llipryn Llwyd. Roedd
yn ceisio casglu arian i brynu
tŷ.

Wrth i'r Dewin Dwl chwilio
am geiniog, daeth y corwynt
heibio eto.
Whish! I fwrdd â'r Llipryn
Llwyd.

Cerddodd y Dewin Dwl i ffwrdd yn benisel. Ni wyddai beth i'w wneud, nawr bod ei ffrindiau i gyd wedi eu chwythu i ffwrdd.
Sylwodd ar nifer o fatsys ar lawr.

Bu'n ddigon hapus am dipyn yn rhoi dail ar y matsys, ac yn chwarae cychod bach ar yr afon.

Yna, daeth Strempan heibio gyda'i megin. Roedd wedi bod yn brysur yn chwythu pawb a phopeth. Dyna flin oedd hi pan welodd y Dewin Dwl yn mwynhau ei hun.

"Hen walch bach yn meiddio dwyn fy matsys i," meddai Strempan. Whish! Chwythodd ei megin. Sblash! Disgynnodd y Dewin Dwl i'r dŵr.

Roedd rhywbeth rhyfeddol iawn wedi digwydd i Rwdlan. Wrth iddi gael ei chwythu drwy'r awyr, daeth yr holl swigod bach a chwythodd i'w helpu. Daethant at ei gilydd i wneud un glustog fawr esmwyth iddi. Daeth y barcud atynt hefyd.

Oddi ar ei chlustog swigod, gwelodd Rwdlan Strempan yn chwythu'r Dewin Dwl i'r afon. "Hen gnawes filain," meddai Rwdlan yn flin. "Ond fydd hi fawr o dro yn difaru."

Wrth fynd ar ôl Strempan, clyw-
odd Rwdlan Rala Rwdins yn
gweiddi am help.
"Rala Rwdins, gafaelwch yn y
barcud! Dowch ar f'ôl i—a
dowch â'ch sach efo chi!"

Pwy ddaeth heibio yn yr awyr
ond y Llipryn Llwyd yn gafael
mewn dyrnaid o falŵns.
"Tyrd efo mi, Llipryn!" gwaedd-
odd Rwdlan. "Rydyn ni angen
dy help di!"
Mewn dim o dro, roedd y
Llipryn Llwyd yn dilyn
Rwdlan. Ni wyddai p'un ai
mynd neu dod yr oedd.

"Whiw! Dyna ddiwrnod da o waith," meddai Strempan wrthi ei hun. "Pawb wedi ei chwythu i ebargofiant. He! He! He!"
Y funud honno, sylwodd ar rywbeth rhyfedd iawn yn yr awyr. Bu bron iddi â disgyn oddi ar ei chwmwl . . .

Roedd gorymdaith ryfedd yn
dod drwy'r awyr, a Rwdlan yn
ei harwain.
"I'r Gad!" bloeddiodd Rwdlan.
"Strempan ddrwg o dwll y mwg
—dyma ni'n dod!"

Dawnsiodd y swigod o amgylch Strempan fel na allai weld dim. Rhoddodd Rala Rwdins ei sach am ben Strempan, a chlymodd barcud am ei choesau. Stranciodd Strempan nes siglo'r awyr.

Mewn chwinciad, clymodd
Rwdlan falŵn am ei dwylo.
"Grrrr!" chwyrnodd Strempan.
Cipiodd y Llipryn Llwyd y
fegin o'i dwylo a chwythu
Strempan oddi ar y cwmwl yn
bell, bell i ffwrdd.
"Help!" gwaeddodd Strempan.
Ond doedd neb am ei helpu.

Ar ben Bryn Blodau, roedd golygfa drist i'w gweld—un dewin bach mewn blanced, a het anferth am ei ben. Teimlai'r Dewin Dwl yn unig iawn.

Yn sydyn, gwelodd dri pherson yn hwylio tua'r ddaear. Dyna falch oedd y Dewin Dwl o'u gweld:
—un Rala Rwdins
—un Rwdlan
—ac un Llipryn Llwyd.
Diolch byth, meddai wrtho'i hun.

"Wyt ti'n iawn?" holodd Rwdlan wrth redeg ato.

"Rydw i'n well ar ôl eich gweld chi," meddai'r dewin bach efo gwên. "Edrychwch, dyma'ch het chi'n ôl, Rala Rwdins."

Roedd Rala Rwdins yn falch iawn.

"Ble hoffet ti fynd yn awr?" gofynnodd.

"I'r gwely," meddai'r dewin bach.

"A finnau hefyd," cytunodd y Llipryn Llwyd.